幼儿全脑智能开发

人鱼公主

编写：[韩] Design Cooky

绘画：[韩] 黄智英

翻译：沈丽鸿

青 岛 出 版 社
Qingdao Publishing House

自己动手制作一本童话书吧！

1 沿裁切线剪下书的前两页。

2 如图，将剪下的页面从中间剪开。

3 将剪开的各小页面按顺序折好。

4 用订书机将折好的各页订好。
一本可爱的童话书就制作完成了。

人鱼公主

人鱼公主

姓名：

王子结婚的那天晚上，小人鱼公主拿着匕首进入了王子的寝室。但是，面对自己深爱的王子，她怎么也下不了手。

"我宁愿自己变成水中的泡沫！姐姐们，实在对不起了！"

天渐渐亮了，小人鱼公主的身体逐渐化成了泡沫。

很久很久以前，在大海的深处有一座美丽的城堡，里面住着六位美丽的人鱼公主。她们中最小的公主长得最动人，她拥有清亮好听的声音和一头长发。

六位公主都希望能看看海面上的世界。国王答应她们，她们每个人到十五岁的生日那天，就可以去看看海面上的世界。

4

9

回到深海中的城堡后，小人鱼公主无法把王子忘掉，她很想变成人类。于是，她找到拥有魔法水晶球的女巫，请求她帮自己达成心愿。

"我可以把你变成人！但是，当你的尾巴变成脚走路的时候，它们会像刀割一样疼痛。你要把你的好嗓子送给我，从此，你将不会讲话。而且，你一定要跟王子结婚，否则，你就会变成水中的泡沫。"

6

7

有一天，王子说："我要跟救过我的邻国的公主结婚。"

"您的命是我救的。"小人鱼公主很想告诉王子真相，但是，因为她已经把嗓子送给了女巫，所以她无法发出声音。

晚上，小人鱼公主的姐姐们来到岸边，交给她一把锋利的匕首，说："如果你用这把匕首杀了王子，你就会重新长出鱼尾，又可以回到大海与我们一起快乐地生活了。"

"我怎么可以杀死王子呢？"小人鱼公主难过地哭了起来。

10

最小的人鱼公主终于也到了十五岁，她兴奋地游出海面。

海面上停着一艘豪华的大船。一位英俊潇洒的少年站在船头。船上不时传来一阵阵优美的歌声和欢笑声。

"王子，祝您生日快乐！"

美丽的小人鱼公主对船上的王子一见钟情！

"啊！外面的世界多美啊！那位少年好英俊啊！"

3

吃了女巫的药之后，小人鱼公主昏睡在沙滩上。经过痛苦的挣扎，她终于变成了人。

来海边散步的王子发现了小人鱼公主。王子想："她是多么美丽啊！若能跟她一起生活，该有多好啊！"

王子和小人鱼公主穿着漂亮的衣服，一起在王子的城堡里快乐地起舞。

虽然每走一步，小人鱼公主的双脚都会疼痛难忍，但是，和自己喜爱的王子一起跳舞让她体会到了从未有过的幸福。

8

这时，突然袭来的大风掀翻了王子的船，王子掉到了大海里。

"糟了！如果不及时救王子，他会有生命危险的！"

于是，小人鱼公主费力地把王子救到了沙滩上。因为怕王子看到自己会害怕，当王子即将醒来的时候，小人鱼公主躲到了礁石后面。

这时，邻国的公主恰好路过这里，她发现了躺在沙滩上的王子。王子以为是邻国的公主救了自己，对她非常感激。

5

海底的人鱼王国

人鱼王国的六位美丽的人鱼公主幸福快乐地生活在海底世界。
请参照图中圆点所显示的颜色给各圆点所在的区域涂色。

王子的船

上面的图画中是王子的船。请仔细观察，想一想：下面的
四幅小图中，哪一幅是王子的船在天黑后的模样呢？

救救王子

突然袭来的大风掀翻了王子的船，王子掉到了大海里。
请为小人鱼公主找出一条能够到达王子身边的路。

谁救了王子？

请从下面的四幅小图中找出上面的图画中影子的主人，你就知道答案了。

邻国的公主来了！

小人鱼公主躲藏起来的时候，邻国的公主发现了躺在沙滩上的王子。
请找出合适的贴图贴在相应的位置上，完成这幅图画。

思念王子的小人鱼公主

小人鱼公主深深地爱上了王子。

请依照上面的图画补充完成下面的图画。

女巫住在哪里?

小人鱼公主非常想变成人类，于是她决定去找女巫。
请按照图下的箭头所指示的方向走格子，带小人鱼公主找到女巫居住的洞穴。

 →→→→→→→→↓↓↓↓↓↓↓↓↓←←←←←←←←↓↓↓↓→→→→→↓↓↓

女巫配药

女巫正在帮小人鱼公主配制可以把她变成人类的药。
请从图画中找出女巫的魔法书上出现的各种配药材料。

吃了药的小人鱼公主

请先用线将两组不同颜色的数字1-10分别连接起来，再涂色。

寻找王子

小人鱼公主日夜思念着王子。

请帮助小人鱼公主找到一条可以遇见王子的路。

出发

到达

王子的城堡！

请依照上面的图画补充完成下面的图画。

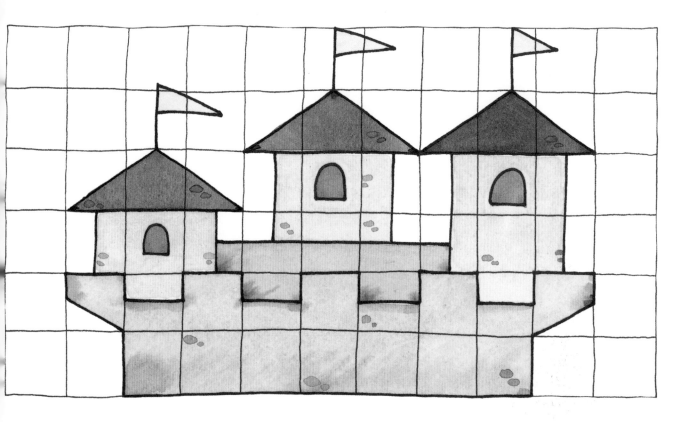

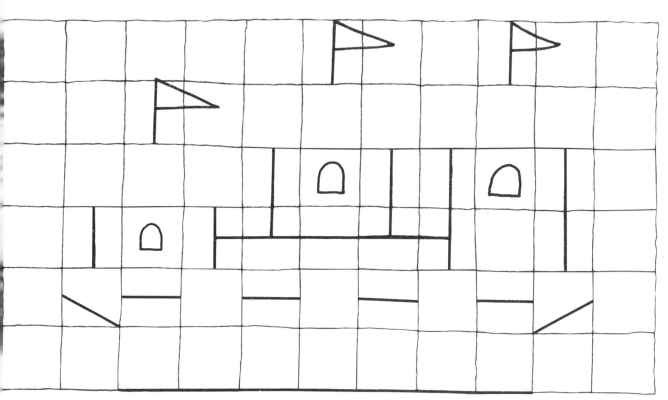

 看图识字

请用线将左列的图和它们各自的名称连接起来。

海龟

城堡

美人鱼

船

幸福的小人鱼公主

小人鱼公主和王子在王子的城堡里翩翩起舞。

请仔细观察、比较上下两幅图画，找出它们的十个不同之处。

邻国的公主来了!

王子以为是邻国的公主救了自己,所以非常感激她。

请先找出合适的贴图贴在相应的位置上,再仔细观察图画,找
找看:上面有哪些物品?

王子要结婚了！

为了感激邻国的公主，王子就要与她结婚了！
请参照图中圆点所显示的颜色给各圆点所在的区域涂色。

王子的结婚典礼

王子和邻国的公主举行了盛大的结婚典礼。

图画中有五处画得不对的地方，请找出合适的贴图贴在相应的位置上，将图画修正好。

姐姐们找来了!

小人鱼公主的姐姐们来到了岸边,她们给小人鱼公主带来了什么东西?
请用线将两组不同颜色的数字1-10分别连接起来,并涂色,你就知道答案了。

深夜……

小人鱼公主带着姐姐们送给她的匕首，进入了王子的寝室。
请找出合适的贴图贴在相应的位置上，完成这幅图画。

它们属于谁？

请用线将物品与它们各自的主人连接起来。

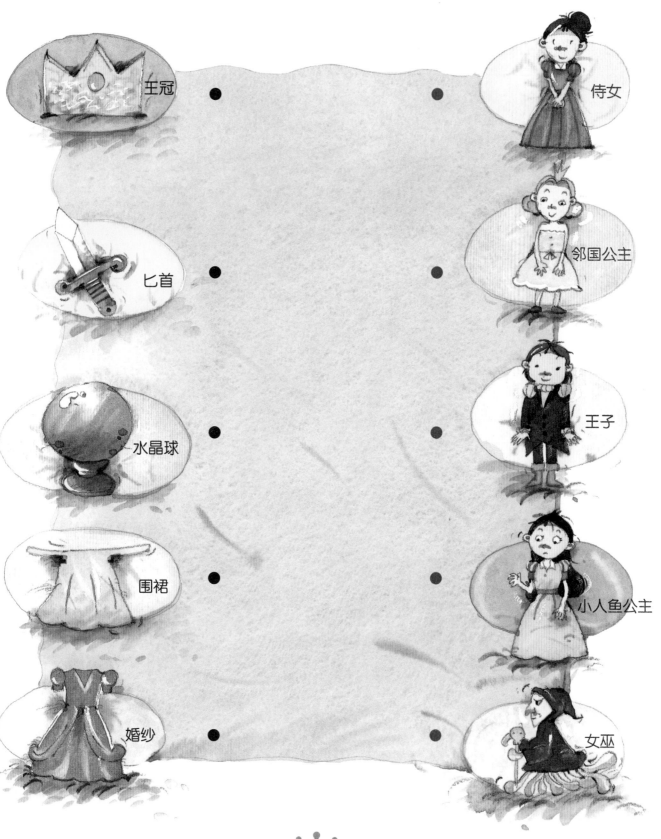

王冠

侍女

匕首

邻国公主

水晶球

王子

围裙

小人鱼公主

婚纱

女巫

痛苦的小人鱼公主

小人鱼公主不忍心杀死王子，她即将变成泡沫。
请发挥你的想象力，给图画涂上美丽的色彩吧！

小人鱼公主变成了泡沫。

请仔细观察图画中的影子，找到合适的贴图贴上，完成这幅图画。

故事重温

请你找到一条能根据故事情节发生的顺序将各故事场景串联起来的路。

开始

你答对了吗?

◆ 第8页

◆ 第9页

◆ 第10页

◆ 第13页

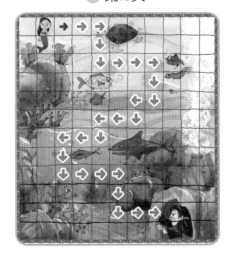

◆ 第14页

◆ 第15页

◆ 第16页

◆ 第18页

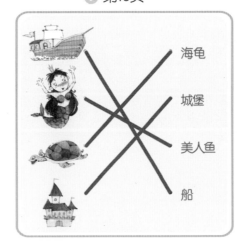

海龟

城堡

美人鱼

船

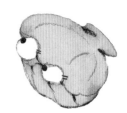

你答对了吗？

◆ 第19页

◆ 第20页

◆ 第22页

◆ 第23页

◆ 第25页

◆ 第28-29页

站在船上的王子

1 沿裁切线将制作材料
页上的图画裁切好。

2 沿折线将各部分折好。

3 在各"涂胶水处"涂上胶水
后，粘贴到相应的"粘贴处"。

4 把王子的画像插在船上的剪口处。

动手制作材料

裁切线
剪口线
折线

★ 裁切线
★ 剪口线
★ 折线

插入剪口处

涂胶水处②

涂胶水处①

涂胶水处③

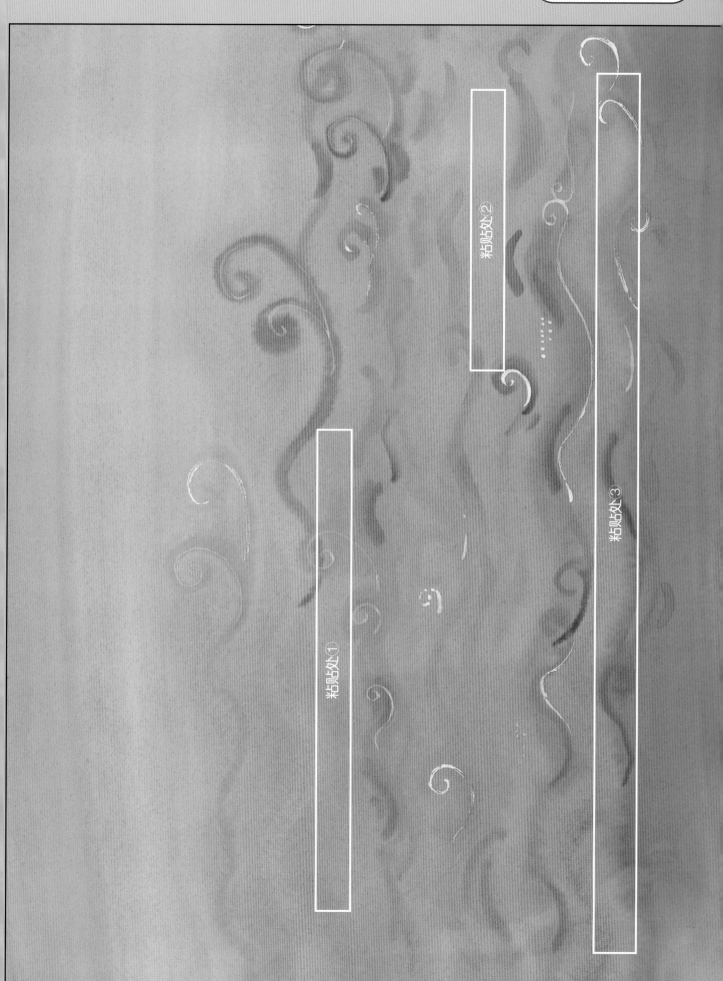

粘贴处①

粘贴处②

粘贴处③

第11页

第20页

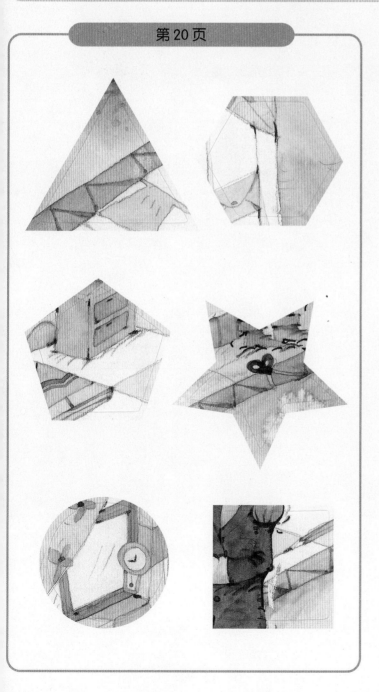

第22页

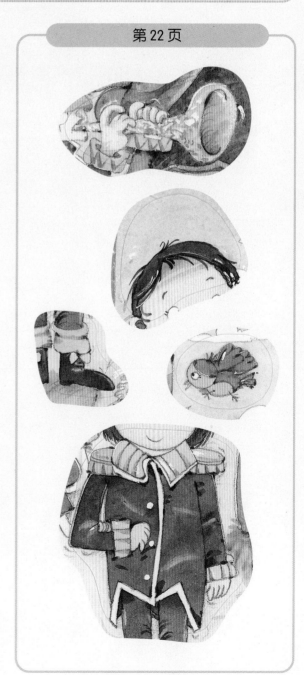

第 24 页

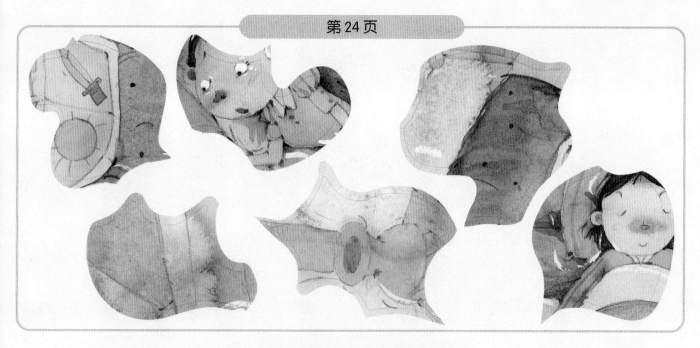

第 27 页

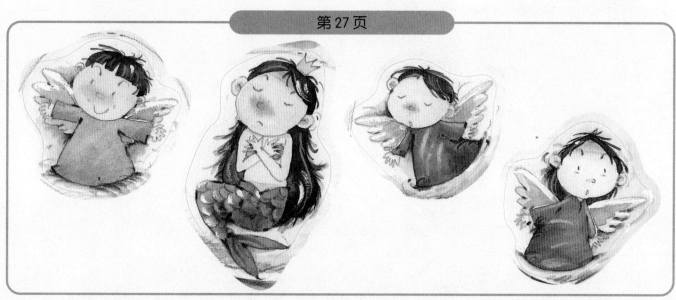

附赠